趙炳華

第44宿

아내의 방

동문선

第 44宿《아내의 방》을 엮으면서

　내 인생은 誤植 투성이옵니다.
작품에서 그렇고, 인생을 살아온 내 일생, 그 긴
생애에서 그렇고.

　때문에 나는 지금 크게 부끄러움을 느끼고 있
습니다. 후회하고 있습니다. 그러나 지금에 와
서 부끄러워한들, 후회한다한들, 홍수처럼 떠내
려간 세월, 어찌할 수도 없는 노릇, 그저 크게
크게 부끄러움과 후회를 느끼고 있을 뿐이옵니
다.

　무엇 때문에 그렇게 바쁘게 살아오면서 인생
에 있어서, 작품에 있어서 교정이나, 반성이나,
하는 사이 없이 그저 바쁘게 바쁘게 살아왔는
지, 다만 나의 인생이 走馬看山과 같은 나그네
의 세월이었습니다.

고독한 영혼에 쫓겨서 살아왔을 뿐이지요. 그것이 그렇게 나에겐 숙명처럼 바빴던 겁니다.

이렇게 나의 인생과 나의 작품들은 나의 그 고독한 영혼과의 싸움에서 추려 남은 그 "인생의 오식"이옵니다.

나는 지금, 1996년 세밑, 내가 의지했던 第44宿을 다시 부수고 다시 새 길을 떠나가고 있습니다.

1996. 12. 안성 片雲齊에서
조병화

4

아내의 방

사람은 서로 헤어지면

사람은 서로 헤어지면
서로, 서로의 기억으로 남아가면서
세월이 멀어갈수록
서로, 서로 기억할 수 없는 곳으로
차례차례 사라져가는 거

한 인생은, 이러한
하나하나 사라져가는 기억들이 쌓인
무거운, 두꺼운, 기억더미라고 생각되지만

어찌 그 무거운, 두꺼운, 기억더미 속에서
쉽사리 깊은 먼 어제를 캐낼 수 있으리

하지만, 깊은 그곳에서 너는 순금의 빛으로
나를 머물게 하누나

반짝, 반짝, …,

슬프게
슬프게.

어머님, 간밤에

어머님, 간밤에
살며시 제 방문을 열어보시곤
돌아가셨지요
잠결에도 그걸 제가 왜,
모르겠습니까

돌아가시다가 다시 돌아오셔서
선잠결에
하얀 꿈으로 나타나셔서
자는 제 눈을 살며시 내려보시다간
살며시 돌아가셨지요
잠결에도 어찌 제가
그걸 모르겠습니까

잠이 사라지면서
눈은 캄캄한 밤중

어디선지 들려오는

생시의 어머님 말씀
"어, 너, 언제 철이 드니"

어머님, 저는 언제나 언제나
어머님의 철없는 막내 아들이옵니다.

아내의 방

지금, 아내의 방은 텅 비어 있습니다
병원으로 떠난 지 벌써 며칠
집으로 돌아올 기별은 멀고
매일 밤 들여다 보는 아내의 방은
어둠만 자욱히 깔리고
텅 비어 고요하기만 합니다

암은, 저 세상으로 떠나는
순번이라는데
아내도 그 순번을 지나고
제 집, 제 방을 떠나서
남의 집, 남의 방,
멀리 낯설은 곳에 누워 있습니다

사람은 누구나 이렇게 되어서, 이렇게
차례 차례 순서를 밟으며 헤어지며
아주 이 세상에서 멀리 헤어져 간다고 하지만
서로 같이 살던 세월이 아쉽습니다

사랑하며, 다투며, 참으며,
견디며, 정으로 살아온 세월
아, 세월은 이러한 것을

매일 밤 들여다 보는 아내의 방은,
지금 싸늘하게 어둠만 깔려
그저 텅 비어 있습니다.

환자가 누워 있는 침실

환자가 오래 누워 있는 침실은
태고처럼 고요하옵니다

죽음인지, 아직 붙어 있는 숨소리인지
움직이는 것이란 하나도 없이
그저 고요하기만 하옵니다

밤은 더욱 깊이 가라앉아 가는
캄캄한 어둠, 그 한가운데

환자는 오래 누워
침실은 가득히 무거운 고요뿐이옵니다

인생의 종말이 그러하듯이.

(1996. 9. 18)

아파트

몇 호, 몇 호, 숫자 하나 달아 놓고
모두들 육중한 철문들을 굳게
닫고들 있다

침묵, 침묵, 침묵, 침묵, 침묵, 침묵,
침묵, ……,

(1996. 2. 10. 명륜동 羅山빌라 203에서)

14

서로 그리운 사람은

나를 그리워하는 사람은
모두 나의 애인이옵니다

멀리서 가까이에서 서로 떨어져서
나도 모르게 나를 그리워하는 사람은
모두 나의 따뜻한 애인이옵니다

그리움이 있다는 건
그 그리움만큼 고독한 것이며
그 고독만큼 스스로의 내일을 생각하는 것이며
그 생각만큼 스스로의 내일을 기다리는 것이며
그 기다림만큼 스스로의 인생을 산다는 것이옵
니다

이러한 고운 사람이
나를 그리워하는 것은
나와 같이 그러한 긴 인생을 산다는 것이옵니다

그곳에서 저곳에서 또 그곳에서
이 세상 어디에서나 서로 떨어져서

서로 그리운 사람은
서로 그리운 사람들끼리
서로의 뜨거운 애인이옵니다.

아, 이렇게
나를 그리워하는 사람은
모두 나의 애인이옵니다.

명함을 추려내며

몇 년 묵은 명함갑을 정리하면서
한 장, 한 장, 들치다가
문득, 생각나는 얼굴 떠올라
전화를 걸으면
불통이거나, 이미 떠난 자리
행방이 불명, 묘연하다

다 어디로들 갔을까

소식없이 떠나간 자리
아득히 사라져간 자리

버리고 남기며, 남기며 버리며
비워가는 명함갑
남은 것은 몇 장, 명함갑은 텅 비어서
세월이 앙상하다

아, 세월은 이러한 것을

지나온 세월이 아득히 멀기만 하다.

아직은 남아서.

나의 숨은 병

나는 어둠을 무서워합니다

이렇게 인생을 다 살아가는 세월인데도
밤이 오면 무서워서 불을 환히 켜고
문을 꼭꼭 잠그고 잡니다

문을 꼭꼭 잠그고 있어도
문틈으로 돌연히 무엇이
나타나지나 않을까 하는 무서움으로
나는 숨은 가늘게 가늘게 죽어가옵니다

어려서 혼자 변소를 가지 못하여
어머님 손을 잡고 갔던 버릇이
부끄럽게도 지금도 남아서
요즘도 그곳을 혼자 갈 수가 없습니다

어머님, 칠십을 넘어서도 가시지 않는
이 무서움.

아직도 밤이면, 훤히
항상 밝은 불을 켜고 잡니다.

낙엽

길에 떨어져 있는 낙엽은
말이 없습니다

바람의 힘대로 밀려가다가
사람의 발에 밟히다가
빗발에 찢기다가
햇빛에 앙상히 힘줄만 비치다가
아주 으스러져서
어디로인지 사라져가는 낙엽

땅에 떨어진 낙엽은 말이 없습니다

올려다 보는 나뭇가지엔
파란 하늘이 텅 비어 걸려 있습니다.

가을은,

가을은 하늘
한도 없이 끝도 없이 우주로,
우주로 피어오르는 먼 하늘
하늘은 가벼워지며 지구는 무겁다

들과 숲은 노랗게 붉게 노붉게
물들어가며 검어가며

봄, 여름, 부지런히 솟아오르던 생명은
사랑으로 짝지어 열매로 굳어가며

천지의 정열은 식어가고
땅은 차가워간다

온 세상이 이렇게 고요하다
高僧의 침묵처럼.

22

믿는 사람이나 믿지 않는 사람이나

주어진 목숨을 살리면서
공손히 빈 사람이나
빌지 않는 사람이나

죽음은
빈 사람에게도
빌지 않은 사람에게도
약속된 시간에 약속한대로
어김없이 찾아와서

빈 사람도, 빌지 않는 사람도
다 같이 자취없이 데리고 가는 것을

아 그렇게
믿은 사람이나, 믿지 않은 사람이나
다 같이 흔적없이
자취없이 끌고 가는 것을

아무도 모르는 곳으로.

겨울, 1996

여보, 겨울이에요

이제 머지않아
눈이 내리고 바람이 불고
눈보라쳐서 하늘이 어두워지면

걷잡을 수 없이
당신은 어디로 나는 어디로
서로 따로따로 자취없이

세월이 겨울처럼 사정없이
우리를 휩쓸어 가려니
아, 우리는 어디서 또 만나리

여보,
안아줘요, 붙들어줘요, 힘을 주세요

이제 당신만이 내 힘이옵니다

우린 서로 너무 멀었어요.

눈 내리는 산사

눈 내리는 산사는 고요합니다
움직이고 있는 것 하나 없이
안으로 안으로 가라앉아가면서
마냥 안으로 움직이고 있는 고요이옵니다

어디서인지 어머님의 기침 소리
"어, 너 왔구나"
나를 알아보시는 인기척 소리

먼 안에서 안에서 들려오면서
맑아지는 고요한 내 마음

눈이 내리며
하얀 눈이 진종일 내리며
소복소복 소복히 눈이 쌓이며

산도, 산사도, 내 마음도,
하얀 우주로 비어가면서

눈이 내리는 산사는
마냥 고요하기만 하옵니다

하얀 高僧처럼.

가난은

TV 드라마 "형제의 江"을 보면서

가난은 슬픔이옵니다
그것을 사는 사람이나, 그것을 보는 사람이나,
가난은 가슴이 찢어지는 슬픔이옵니다

그리고 그것은
그것을 아는 사람이나, 그것을 보는 사람이나,
가난은 가슴이 찢어지는 뜨거운 눈물이옵니다

산다는 것은 이러한 것을
가난은 말하기는 쉬우나
견디기 어려운 슬픈 눈물이옵니다

아, 어머님은 나에게 보이지 않게
얼마나 많은
그 일제시대의 눈물을 흘렸을까.
어머님, 죄송하옵니다
저는 어머님의 숨어서 흘리신 그 눈물로

지금 이렇게 자랐습니다

오늘 "형제의 江"이라는 텔레비젼 화면에서
어머님의 눈물을 찾고,
그저 흐느껴 흐느껴 울고 있습니다

가난은 이렇게 아팠던 것을.

(1996. 10. 16)

수녀님

뭘 그리 보고 계십니까
뭘 그리 멀리 보고 계십니까
보이는 것이라도 있습니까

아니면 이 세상에
뭘 잊은 것이라도 있으십니까

이 세상 어지럽게도
이렇게 많은 것들이 깔려 있는데
수녀님에게는 어느 하나라도
소용되는 것이 없으십니까

어느 날 가을 오후
혜화동 로터리 건널목

한 수녀님이 이렇게 조용히 홀로 서 있었습니다

까맣게.

싸우면,

싸우면 번번히
지는 것을 뻔히 알면서도
한마디 말도 없이 집을 나옵니다

다시는 돌아오지 않으리 하면서도
어쩔 수 없이 저녁이 되면
한마디 말도 없이 집으로 돌아옵니다

이렇게, 세월은 쌓여서
수십 년 한 세월
부질없이 쓸쓸한 시만 늘어
까만 보석이 되옵니다.

스스로를 비치는.

불안한 침대

물질의 창궐, 금전의 난무,
영혼의 몰락, 오물의 범람,
가족의 분열, 부부의 불화,
이러한 상황 속에서

나의 생존은,
불안한 침대, 굴욕의 식탁,
소리없는 도피였습니다

탈출할 수 없는 운명처럼.

갈 수 없는 곳

이 지구, 60억 가까운 사람들에 끼어
보석처럼 너는 항상 그 자리에서 반짝인다

어두운 밤 하늘에 반짝 반짝
먼 은하수에 떠 있는 작은 별처럼.

사람이 늙으면

사람이 늙으면
먼저 그리움이 사라지더라

그리움이 고요히 사라지면서
사랑이 따라서 사라지더라

사랑이 따라서 사라지면서
꿈이 소리없이 사라지더라

꿈이 소리없이 사라지면서
몸이 공기처럼 비어가더라

몸이 공기처럼 비어가면서
아, 꽁꽁 숨겨 두었던 너까지 쏙 빠져가더라.

나의 생애

럭비는 나의 청춘,
시는 나의 철학,
그림은 나의 위안,
어머니는 나의 종교,

나의 생애는 이것이었다
일관해서.

매미의 죽음

왜, 이곳에
이렇게 죽어서 완전한 모습으로
누워서 나의 길을 막을까,
매미 한 마리

순간, 어머님의 심부름을 왔다가
나를 찾지 못하고 이곳까지 와서
허기져 기진맥진 죽은 것은 아닐까,
하는 생각

장마는 개고 무더운 여름 날
이른 아침 산책 길,
매미는 죽어서 완전한 모습으로
내 눈 아래 굳어서 누워 있습니다

아, 죽으면 만사가 이렇게 고요하고
말도 끊기는 것을
무슨 말씀을 전하려 했을까

어머님, 날로 길이 무거워가옵니다.

(1996. 7. 31)

황홀한 순간

어느새 직장에서 물러나
손자 손녀를 거느리는 제자들에 싸여
술 대접을 받으면
그들의 세월이 나의 세월
나의 세월이 그들의 세월,

잔을 주며 받으며 받으며 주며
하다가, 술이 얼근해지면
그들이 선생인지 내가 선생인지
선생인지 제자인지
서로 엉겨서 하나의 세월,

하면서 술잔에 떠오르는 아득한
꿈과 방황의 시절

그 시절이 오늘 이 밤에 같이 모여서
그들의 꿈과 나의 방황은 같이 익어서
즐거운 술이 되어 향기로 피어오른다

아, 이 인생, 황홀한 이 순간이여.

대학로 야경

술 몇 잔에 얼근히 취해서
어두운 술집을 나오면
여기는 서울 동숭동 대학로 마로니에 공원 앞

물결 속에 끼여들면
툭, 툭, 툭툭, 지나가는 육체들
흡사 좁은 해협을 빠져나가는
급한 물결 속의 어족들처럼
민첩하다

하면서 육체에서 뿜어내는 젊은 냄새,
냄새, 냄새, 툭, 찌르면 그대로
터져나올 듯한 그 분비의 냄새

오, 청춘이여
젊음은 이러한 것을

네온, 가로등에 비쳐서

겨울 나무는 차다.

(1996. 11. 29)

햇 님

오, 햇님
당신은 실로 우주만물의 왕
오늘 아침엔 유달리 찬란한 빛으로
허물어져가는 이 가슴을 비쳐 주시옵니다

당신은 어찌 그렇게도
억년, 수억 년, 만만 수억 년을 한결같이
찬란한 청춘으로 이글이글
광활무변, 그 무량의 하늘에 떠서
늙을 줄을 모르십니까

우리 인간은 기껏해야 백년
사랑의 계절은 잠깐,
늙은 이 고통을 견디고 있습니다

아, 이 외로움 부끄럽습니다.

마음의 자리

이렇게, 맑고, 밝고, 화려한 아침에
세상만사가 어둡고, 우울하다, 함은
지금 네 마음이 어둡고, 우울함이려니

이렇게, 어둡고, 깊고, 쓸쓸한 밤에
세상만사가 즐겁고, 밝고, 기쁘다, 함은
지금 네 마음이 즐겁고, 밝고, 기쁜,
사랑으로 가득함이려니,

아, 이렇게
네 마음이 어둡고, 밝고, 쓸쓸하고, 기쁘고,
함을 따라서
세상만사도 천변만변 無常하려니

죽음도 그러함이려니.

물

혜화동 로터리 길가에 고인 작은 물에
비둘기들이 모여들어 물을 마신다

물은 이렇게 생명인 것을
사람만이 마구 더럽히누나

스스로의 생명이거늘.

편지가 없는 날은

편지가 없는 날은
나른하옵니다

편지가 없는 달은
캄캄하옵니다

편지가 없는 해는
나른하고 캄캄하옵니다

아, 이렇게 날이, 달이, 해가
지나가면서
아주 편지가 없는 세월은
아득한 하얀 공백이옵니다.

정물

모두 말이 없다

성냥, 파이프, 담배통, 만년필, 스카치테이프,
종이, 풀, 가위, 호치키스, 엽서, 우표,
커피잔, 책, 안경, 죽은 시계, 전화수화기,

놓인 자리 그대로 어제도 오늘도.

生花에 물을 주며

누가 갖다 놓은
화려한 양란 꽃바구니,
아직 피지 않고 있는 꽃봉오리
몇 개 달려 있어서
아침마다 물을 뿌려 주었더니

오늘 아침엔 활짝,
제모습으로 피어 나타났습니다

얼마나 피어 있을까,

월, 화, 수, 목, 금, 토,
토요일까지만 피어 있어다오

생명은 제모습 보이곤 사라지는 것을.

Stanford대학을 졸업하는
나의 사랑, 나의 청춘, 나의 꿈,
조성환에게

스텐포드 나무들처럼
쑥쑥 솟아 오르라
좌절하지 말아라
할아버지는 지금 76세,
이젠 늙었다
할아버지의 꿈을 이어가거라
젊음으로, 꿈으로, 내일로,
온통 가득찬 이 오늘
성취만이 너의 희열이다, 너의 인생이다
오, 푸른 캠퍼스, 보이는 것이 영원한 청춘,
인생만이 짧다
스탠포드 나무들처럼
쑥쑥 솟아 오르라.

(1996. 6. 16. 졸업식에서)

1996. 6. 16
Stanford University
조병수.

삶, 그 세월

젊어선
꿈이며, 사랑이며, 고민이며, 고독이며,
그리움이며,
보이지 않는 미지의 세계에 대한
끝없는 동경의 열병을 앓았으나

늙어선, 지금
이곳 저곳
끊임없는 육체의 병과 싸우고 있구나

싸늘하게
흔들흔들 무너져가면서.

국제전화는 비를 타고

수화기를 들자,
"이곳은 미국 보스턴입니다
밤 10시, 비가 내리고 있습니다
온 천하가 내겐 감감한 혼자이옵니다"

이곳은 아침 9시,
나도 멍하니 혼자이옵니다.

파이프

내가 소식을 전하지 않고 있는 것은
내가 비어있기 때문이옵니다

긴 세월, 이렇게 오래
아무런 소식도 못 전하고 있는 것은
내게 아무것도 없기 때문이옵니다

아, 이렇게 매일매일을
아직은 같은 하늘 아래 있으면서도
아무런 소식도 전하지 못하는 것은
내겐 이제
내가 없기 때문이옵니다.

洋 蘭

아, 감당할 수 없는 요염한 이 육체,
황홀한 절망.

五 月

오, 오월은 생명들의 잔치
여기서, 저기서

눈에 보이는 생명이나,
눈에 보이지 않는 생명이나,
큰 생명이나, 작은 생명이나,
온 천지가 진창으로 생명이로다

보이는 것이 생명, 듣는 것이 생명,
느끼는 것이 생명, 생각하는 것이 생명,

오월은 죽은 자들도 구경을 나온다.

(1996. 5. 5)

종착역의 빈 의자에서

급한 계곡의 물이
자취를 남길 사이 없이 흘러내리듯이

긴 인생을
인생의 자리다운 인생에
한 번 머물어 보지 못하고 세월이 끼어
급한 흘러내렸습니다

참혹한 전쟁 시대에
가혹한 이데올로기 시대에
거센 난해한 시 시대에
영웅적인 민주참여 시대에

피하며, 흔들리지 않는 나의 길
흔들리지 않으며

아, 충만한 이 공허.

나의 생일에 돌아와서

지구는 밤과 낮의 자리를 바꾸어 가며
스스로를 돌며 하루를 살고
나는 지금 지구에 실려
봄, 여름, 가을, 겨울의 자리를 바꾸어 가며
해의 주위를 76년 돌며
27740일의 날을 살아가고 있습니다

그리고 오늘 1996년 5월
내가 이 지구에 온 날
그 꽃피는 계절 그날을 돌고 있습니다

나는 이렇게 빨리 돌며
정신없이 살았고
정신없이 바빴고
정신없이 그리웠고
정신없이 사랑했고
정신없이 헤어졌고
정신없이 외로웠고

정신없이 버렸습니다

버리는 것이 그리웠던 것이고
그리웠던 것이 버리는 것이었고
운명에 잡혀, 지금 나는
바람이 다 살고 간 자리에
외톨로 있습니다.

아, 운명이여
내 안에 숨어서 태어난
그날의 불씨여.

(1996. 5. 2)

자유업

일이 몰릴 때는
갑자기 확 몰리고
일이 없을 때는
온종일 전화 한 통 없다

일이 몰리는 날과
일이 없는 날이
이러저러 교체되면서 일년이 되면
그 일년의 총수지결산은 항상 공이다

狂牛病 시말

광우병에 걸려서
대량으로 도살되어야 할 운명에 처한
영국 목장의 소들

그들이 하나하나 긴 줄을 지어
도살장, 아니면 화장터로 끌려가고 있는 광경을
TV화면으로 보고 있다가

늙은 소의 눈에서 눈물이 흘러나오는 것을
보고는, 순간
내 가슴이 콱 눈물로 막혀 버렸습니다

生者는 必死라 하지만
어찌 이 광경을 그대로 보고 있으리

잔인한 것이 이 세상에 한두 가지겠습니까만
잔인한 것이 이 세상에 한두 가지겠습니까만

오, 소여
너도 생각이 있는 짐승이었구나
느낌이 있는 짐승이었구나

(1996. 5. 4)

하두 적적해서

하두 적적해서
모짤트 바이올린 협주곡을 듣고 있노라니
먼 산골 마을이 보여왔습니다
먼 산골 마을에서 도시로 나오는
긴 황토길이 보여왔습니다
봄꽃이 만발한 산과 들과 목장과 고개,
개울물이 맑게 흐르는 다리를 건너
엄마와 손을 잡고 장보러 나가는
어린 소녀가 보여왔습니다
화창한 하늘에선 종달새 소리
마냥 한가로운 무량한 자연

오, 지구여, 나의 사랑아
언제까지나 이래야 하는 것을.

확 인
— 외로운 벗에게

인생은
끝임없는 동경이며
그 고독,

긴 기다림이며, 긴 인내,

인생은
어쩔 수 없는 운명이옵니다.

운 명

— 외로운 벗에게

고독하십니까,
운명이옵니다

몹시 그립고 쓸쓸하고, 외롭습니까,
운명이옵니다

어이없는 배신을 느끼십니까,
운명이옵니다

고립무원, 온 천하에 홀로
알아주는 사람도 없이 계시옵니까
그것도 당신의 운명이옵니다

아, 운명은 어찌할 수 없는
전생의 약속인 것을

그곳에 그렇게

민들레가 노랗게 피어 있는 것도

이곳에 이렇게
가랑잎이 소리없이 내리는 것도.

여름, 1996년

여름은 바람이로다
어찌, 이 시원시원한 바람을
방안을 돌고 있는 선풍기에 비하랴.

산에서, 들에서, 숲에서, 강에서,
아, 먼 하늘에서 불어오는 바람,
여름 바람은 하늘의 은총이로다.

푸른 초목이 살찌고
푸른 대지가 살찌고
온 천지가 풍요롭게 풍요롭게
살찌어가는 이 계절
너의 살도 나의 살도 부드럽게 부드럽게
살찌어가는 사랑

어디선지 찌,찌,
벌레들이 짝짓는 소리
아, 세상이 무한한 번식이로다

여름은 바람
어찌 발가벗지 않을 수 있으랴.

어느 저녁 풍경

6시 내 고향, KBS 저녁 프로
도시 한복판 아파트 장마당에
푸짐하게 열리고 있는 내 고향 맛자랑

한우 고기가 여기저기 즐비하게
널려져 있는 곁에서
한 마리 한우가 우두커니 서 있었습니다.

호들갑스러운 리포터, 아나운서 목소리
촌에서 새 옷을 입고 올라온 아낙네, 바깥네
징소리, 꽹과리 소리 벅적거리는 한가운데서
한우는 웬 영문도 모르고
그저 멍하니 저녁 하늘만 쳐다보고 있었습니다.

한우 눈알에 돌던 그 저녁 하늘을
나는 잊을 수가 없습니다.

아, 지금도.

지금 내 영혼은

지금 내 영혼은
병들어가면서 삐걱거리는 내 육체를
고치며, 때우며, 부치기며
어렵게, 어렵게,
어머님의 고향으로 다가가고 있습니다.

어디까지 가야
이 병들고 삐걱거리는 육체와
나의 영혼은
서로 헤어질런지

나는 지금 그때를 이렇게
겸허하게 기다리고 있습니다.

내 몸은

내 몸은
어머님이 모시는 절이옵니다

때로는 폭풍우가 지나가고
눈보라가 쳐도

사철이 한 자리 흔들리지 않는
견고한 절이옵니다

알아주는 불자는 없어도
가난은 해도
맑디맑은 절이옵니다

적으나, 크나.

오늘을 살며

바라다보는 내일은 황무한 어둠,
열어도, 헤쳐도, 다시 열어가도 어둠이다

열고, 헤치고, 다시 열어온 어께는
첩첩이 밀폐한, 내가 쓴 캄캄한 나의 시간

그 밀폐한 시간 속에서
나는 풀리지 않은 가슴으로 묻혀 있다

생생히.

눈 물

눈물은,
온 몸이 깊이 간직하고 있는
내 마지막 보물이옵니다

그 보물을 주책없이, 나는
때로, 수시로, 많이도 흘리고 왔습니다만
아무도 그것을 가지려는 사람은 없습니다

이렇게 나는 눈물을
내게 마지막으로 남은 보물로 삼아,
때로, 수시로, 흥청히 흘리면서
고요한 혼자를
당신 밖에서 살아가고 있습니다

바닥이 날 때까지.

너의 씨앗은

민들레 씨앗은 하얀 날개를 타고
바람에 이리저리 떠돌아다니다가
날개에 힘이 지치면
그 자리에 내려, 노란꽃을 피우는데

너의 씨앗은 우주공간을 떠돌아다니다가
너무 빨리 내 가슴으로 숨어들어
그것이 무엇인지, 몰랐으나
오늘 그 씨앗은 아리게
내게서 솟아오르는 빨간 그리움인 것을

아, 민들레의 노란꽃은 다시
가벼운 씨앗을 묻은 가벼운 날개로 변해가는데
너의 빨간 그리움은
까닭 모르는 까만 외로움으로 엉겨
무겁게 깊이 내 가슴으로 숨어들면서
쓸쓸한 슬픈 노래로 번져가누나

오, 쓸쓸한 슬픈 나의 노래여
만민의 가슴 가슴에 노란꽃이 되어라.

봄
—1996년

아무런 기별도 없이
봄은 선뜻 돌아와서
詩의 女神이
활활 묵은 옷을 풀어버리고
부드러운 바람에 속옷을 날리며
대지에 네 활개를 활짝 벌리고
곤한 잠이 들어서

연이어 시인들에겐
공휴일이옵니다.

대지의 사춘기

— 예술원 뒷산에서, 1996년 3월.

여보, 보아요
대지에도 여드름이 생기나보오
나뭇가지 가지에서 뾰롯뾰롯
빨갛게
대지에서 파릇파릇 팽팽히
솟아돋는 여드름
여보,
대지에도 사춘기가 있는가보오.

귀 가

피아노 소리가 넘어오는
한적한 명륜동 뒷골목을 돌아서
귀가를 합니다

정오를 넘은 이른 오후,
그 시간에.

보름 달

저기 달이 떴네요!
어디?
저기, 저기

정월 대보름 밤이 내리는
아파트 동쪽 창에
둥근 달이 걸려 있다

허술한 흰 옷을 입으시고
오래간만에 모습을 보이시는 어머님처럼.

(1996. 2. 4. 정월 대보름)

오죽해서

오죽해서 그런 거짓말을 했을까,
그렇게 생각을 하지, 하면서도
풀리지 않는 마음,
그러한 것이 인간들의 세상이지,
그렇게 생각이 가는 나이로 되었습니다.

오죽해서 그런 짓을 했을까,
그렇게 생각을 하지, 하면서도
놓이지 않는 마음,
그러한 것이 인간들의 세상이지,
그렇게 이해가 가는 세월이 되었습니다.

생각을 하지, 하면서도 생각할 것도 없고
이해를 하지, 하면서도 이해할 것도 없고
잊지, 하면서도 잊을 것도 없고
아, 나도 그러한 약한 인간인 것을

오죽해서 그런 거짓말을 했을까,
오죽해서 그런 짓을 했을까.

詩人의 사랑

나는 생전 의지할 집도 '하나' 없지만
당신을 사랑하옵니다

나는 생전 소유라는 것도 하나 없지만
당신을 사랑하옵니다

나는 하루 하루의 양식에도 불안하오나
당신을 사랑하옵니다

아, 나는 天空의 바람이요, 구름이오나
당신을 사랑하옵니다

운명처럼.

묵은 사진첩을

묵은 사진첩을 들추고 있노라니
까닭 모르는 슬픔이
왈칵, 내 몸에 배어옵니다

기쁜 얼굴도 그렇고
웃고 있는 얼굴도 그렇고
가만히 입다물고 있는 얼굴도 그렇고
슬픈 얼굴은 더욱
슬프게 다가옵니다

기억 밖에 아주 묻혀버린 얼굴들
기억 내에 아직 머물고 있는 얼굴들
어렴풋이 그때 그 시절, 생각나는 얼굴들

사진을 내려다보고 있노라니
눈물이 핑 돕니다.

나무에 올라갈수록

나무에 높이 올라갈수록
혼자가 된다
순간, 무서워진다
살던 땅이 멀어지기 때문이다

정든 것들이 점점 멀어지며
보이던 것도 보이지 않고
들리던 것도 들리지 않고
모두가 아득해진다
나만 남고 아득히 아득히 비어간다

아, 산다는 것은 이러한 것일까,

나무에 높이 올라갈수록
혼자가 되는 것을.

(1995. 12. 16)